너에게 나는

너에게 나는

나태주 시집

—

김예원 엮음

열림원

막막한 이쪽과
적막한 저쪽.

세상 끝날까지
너와 나.

과연 나는 너에게 무엇이었을까

우리가 사는 세상은 의외로 단순 명쾌하다. 이내 알수 있는 것은 이 세상은 '너'와 '나'로 구성되어 있다는 것이다. 그런데 여기서 중요한 것은 나는 한 사람이고너는 나를 제외한 모든 사람이라는 점이며, 더 중요한것은 오직 한 사람일 뿐인 내가 잘 살기 위해서는 모든너의 도움이 필요하다는 것이다.

여기서 대인관계, 인간관계가 만들어지고 세상살이의어려움이 출발한다. 모름지기 너에게 잘해야 한다. 그 무엇을 위해서가 아니고, 그 누구를 위해서가 아니다. 오히려 나를 위해서 잘해야 한다. 그 길만이 가장 좋은 인간의 길이고 해결책이다.

사실 나의 시는 나 자신 살아남기 위해서 했던 몸부림같은 것이다. 하지만 나는 나 혼자만의 마음을 시로 쓰지 않았다. 오히려 너의 마음을 헤아리며 시를 써야만 했다. 처음에는 안 그랬는데 나중으로 갈수록 그것이 더욱 나의 살길이 되었다.

'나에게 너는'보다는 '너에게 나는'이 내가 가진 관심사였다. 과연 나는 너에게 무엇이었을까? 무엇으로 존재해야 좋을까? 그런 물음과 대답 앞에 나의 시들이 자주 어른거린다. 그래서 나는 따뜻한 마음이었고 때로는 평화로운 마음이기도 했다.

여기에 모은 모든 시에 '너'라는 말이 들어가 있다. 내가 그동안 쓴 시 가운데에서 그런 시들만을 골랐다. 내가 고른 게 아니고 김예원 작가가 골랐다. 김예원은 부산에 살면서 나와는 50년이 차이가 나는 사람. 그러므로 이 시집은 나의 책이기는 하지만 김예원의 책이기도 하다.

역시 이것은 고마운 일이다. '나'의 시작품이지만 '너'인 김예원의 안목으로 이 책이 되었다는 것! 그러므로 보다 많은 너의 관심과 지지가 있으면 좋겠다, 소망한다.

2023년 여름
나태주 씁니다.

사랑의 증폭기가 되어주었으면

나태주 시인님, 시인님께서는 이 시집의 제목을 '너에게 나는'으로 정하고 싶다고 하셨지요.

아, 시인님은 여기서도 '나에게 너는'이 아니라 '너에게 나는'이라고 말씀하시네요.

작년 여름, 풀꽃문학관 정원에서 시인님과 잡초를 뽑던 일이 생각나요. 시인님은 호미를 들고 정원 일을 하고 계셨고 저는 제게 일을 시키려 하지 않는 시인님을 졸졸 따라다니며 시인님의 호미를 뺏어 들어 흙을 일구었지요. 그렇게 제가 흙을 일구면 시인님께서 장갑을 낀 손으로 잡초를 뿌리까지 건져 올리는 일을 반복하고 있을 때, 제가 물었어요. "시인님, 이것도 잡초예요? 잡초가 아닌데 제가 잡초인 줄 알고 뽑아버릴까봐 자꾸만 걱정돼요. 제가 뽑았는데 알고 보니 나중에 여기서 꽃이 날 예정이었던 것이라면 어떡해요?" 시인님은 제게 말씀하셨지요. "그것도 잡초고말고. 원하지 않으면 모두 잡초야." 그러고는 제게 질문을 하나 던지셨어요. "잔디밭에 채송화가 나면 채송화는 잡초일까 아닐까?" 원하지 않는 것은 모두 잡초라는 정의에 따라 저는 너무나도 쉽게 잔디밭의 채송화는 잡초라고 답했어요. 시인님은 우리 사회도 그렇다고, 사람들은 이분법적 사고를 하면서 본인에게 도움이 되지 않는 사람을 배척한다고 안타까워하셨어요. 그 순간, 크게 고민하지 않고 채송화를 잡초로 여겼던 일과 잡초의 뿌리가 더 단단해지기 전에 호미로 뽑아버리고자 했던 저의 행동이 너무나 잔인하게 느껴졌어요.

　　제가 어릴 때와 비교하면 세상이 많이 삭막해졌어요. 어릴 적에는 부모님께서 집을 비우면 옆집 아주머니께서 저를 본인의 집으로 데려가 간식을 주면서 돌봐주시는 일이 종종 있었고, 길에서 마트에 다녀오시는 친구네 어머니를 마주칠 때면 장가방 속의 과자와 아이스크림을

꺼내어 나누어 주시기도 했어요. 지금의 세련되고 깔끔하고 공정하고 투명한 세상도 좋지만 한편으론 그렇게 '우리'로 살던 시절이 가끔씩 그리워요.

언제부터인가는 저조차도 '우리'보다는 '너'와 '나'로 분리해서 사는 세상이 편한 세상이라 여겼던 것 같아요. 매일 정신없이 바빴고, 일과가 끝나 지친 몸을 이끌고 잠이 들고 나면 아침은 또 왜 그리 빨리 오는지요. '우리'를 생각할 여유가 없다고 하면 핑계처럼 들릴까요. 놓을 수 없는 것들 때문에 저 스스로를 더 생각하며 사느라 지키지 못한 것들이 많아요. 그렇게 삶이 바쁘다며 소홀히 했던 연락들과 인연들이 이 책을 엮으면서 많이 생각났어요.

시인님은 다른 사람들이 자신의 감정을 말로 표현하지 않아도 그 상황에 있는 것처럼 느끼고 공감해주는 걸 정말 잘하시지요. 그래서 가끔은 많이 힘들어하기도 하시잖아요. 이런 시인님의 성격이 시에서도 그대로 드러나 시인님의 시에는 '너'가 빈번히 등장하지요. '너'를 생각하면서 배려하고 아끼는 마음, 그 따뜻한 마음이 이 사회를 공존과 포용으로 물들이리라 믿어 의심치 않아요. 다른 사람들을 어루만져주고 존중해주는 그 마음이 바로 사랑일 테고, 사랑은 힘이 아주 세니까요. 사랑이 담뿍 담긴 시인님의 이 시들이 독자님들의 마음에 스며들어 사랑의 증폭기가 되어주었으면 하는 바람을 담아 이 책을 엮습니다.

2023년 여름
김예원

| 차례 |

1부
오늘 너를 만나

2부
너를 생각하는 마음은

4부
사랑이여 조그만 사랑이여

1부

오늘 너를 만나

고백

나 오늘 너를 만남으로
이 세상 가장 아름다운 사람을
만났다 말하리

온종일 나 너를 생각하므로
이 세상 가장 깨끗한 마음을
안았다 말하리

나 오늘 너를 사랑함으로
세상 전부를 사랑하고
세상 전부를 알았다 말하리.

5월

아름다운 너
네가 살고 있어
그곳이 아름답다

아름다운 너
네가 웃고 있어
그곳이 웃고 있다

아름다운 너
네가 지구에 살아
지구조차 푸르다.

별곡집 119

별처럼 꽃처럼 하늘에 달과 해처럼
아아, 바람에 흔들리는 조그만 나뭇잎처럼
곱게 곱게 숨을 쉬며 고운 세상 살다 가리니.
나는 너의 바람막이 팔을 벌려 예 섰으마.

오늘 너를 만나

가다가 멈추면
그곳이 끝이고
가다가 만나면
그곳이 시작이다

오늘도 나
가다가 다리 아프게 가다가
멈춘 자리
그곳에서 너를 만났지 뭐냐

너를 만나서 나 오늘
얼마나 좋았는지
행복했는지
사람들은 모를 거다

하늘 높고 푸른

가을 하늘만이 알 것이다

지나는 바람

바람이 머리 쓰다듬는

나무들만 알 것이다.

첫 선물

너는 너 자신 그대로
나에게 보석이고
아름다움

그 무엇으로도
대신할 수 없는
눈부심이며 어지러움

하늘나라 별이
길을 잃고 잠시
내 앞으로 왔나보다.

이른 봄

생각만 해도
잠시 생각만 해도
가슴에 조그만
등불이 켜진다

목소리만 들어도
얼핏 목소리만 들어도
말랐던 샘물에
물이 고인다

그러함에 너의 눈썹
너의 눈빛 스쳤음에랴!
화들짝 잠든 나뭇가지
꽃 피우기도 했을라.

바다 같은

날마다 봐도 좋은 바다
날마다 만나도 정다운 너
바다 같은 사람
참 좋은 내게는 너.

꽃

내 미소가 닿을 만큼의 거리를 두고
웃고 있네, 맑은 눈매

녹음의 바다 너머 저만큼
눈물 빛나는 호숫물로 숨어서
해맑음 고이는
네 눈과 입과 귀와 볼과……

어디쯤 하얗게
볼수록 높이 부서지다가

돌아간 바람귀마다
하르르, 하르르
꽃잎으로 떨어진
설움의 사이사이
푸른 강물이 흐르고

내 시선이 머무는 곳쯤

너는

꽃으로 피어 웃고 있다.

남의 집 대문간

개양귀비꽃 흐드러진 5월이라도 중순

자전거 타고 가다가 내려

남의 집 대문간 화분에 피어난

개양귀비꽃 붉은빛 들여다보며

곱구나 곱구나

붉어도 어떻게 이렇게 붉지?

개양귀비꽃과 눈 맞추며

너를 생각한다

밝고 환한 햇빛 속에

오직 부끄러움 없는 아름다움이며

자랑스러움

너인가, 너의 마음인가 그런다.

내 안의 사람 — 구름이여 꿈꾸는 구름이여 55

내가 너를 예쁘다고 생각하는 건
이미 내 안에 너를 닮은
예쁜 생각과 느낌이 숨어 살고 있었기 때문이다.

내가 너를 보고 사랑스러움을 느꼈다면
이미 내 마음 안에 그런
사랑스런 모습과 느낌이 숨어서 자라고 있었기 때문
이다.

누군가를 사랑해보라.
세상 모든 것들은
사랑스러운 것으로
아름답고 빛나는 것으로
보일 것이다.
그래서,
세상 모든 것들이

사랑하는 사람의 모습으로 변할 것이다.

딸

아직도 나는 세상에서
너보다 더 예쁜 꽃을
본 일이 없단다.

어머니로부터

아이야 잊지 말아라
어떠한 경우에도 내가 너를
사랑한다는 사실!

모든 세상이 돌아서고
세상의 모든 사람들 너를 배반해도
나만은 네 편이라는 사실!

네가 어떠한 길에 있고
아무리 어둡고 힘든 길을 간다 해도
네 곁에 내가 있다는 사실!

의심하지 말아다오
그것은 처음부터 내가 너이고
네가 또 나였기 때문이란다.

흉터

예쁜 다리 오금탱이
살짝 숨어 눈을 뜨고 있는 흉터
유치원 때 교통사고로
만들어진 흉터

볼 때마다 우리 아빠
마음 아프다 그래요
볼 때마다 우리 엄마
보조개 같아 귀엽다 그래요

그래그래
그 마음이 사랑이란다
이다음에도 네 흉터 예쁘다
귀엽다 안쓰럽다 보아주는 사람
만나서 살아라

네 마음의 흉터와 얼룩까지 감싸주고

아껴줄 줄 아는 사람이 정말로 너를

사랑하는 사람이란다.

고백

좋은 것만 보면 무어든
네 생각이 나고
어여쁜 경치 앞에서도
네 얼굴이 떠올라

어떻게든 너에게
선물하고 싶지만
번번이 그럴 수는 없어

안달하다가 무너져 내리다가
절벽이 되고 산이 되고
끝내는 화닥화닥 불길로
타오르는 꽃나무

이것이 요즘
너를 향한 나의 마음이란다.

그건 시간 문제

너는 세상이 좋아서
세상에 온 아이

사람을 좋아하고
꽃을 좋아하고
맑은 하늘 구름을 좋아하고
여행을 좋아하는 아이

기다리렴
조금만 더 기다리렴

조금만 더 기다리면서
사람을 좋아하고
꽃을 좋아하고
맑은 하늘 구름을 좋아하렴
그리고 여행을 좋아하렴

그러다 보면

세상이 너를 사랑하고

꽃이 너를 사랑하고

하늘과 구름과 여행이 너를

사랑해줄 거야

그건 시간 문제야

암 시간 문제고말고

너 같은 아이를 사랑해주지 않고

누구를 사랑해주겠니.

큰일

조그만 너의 얼굴
너의 모습이
점점 자라서
지구만큼 커질 때 있다

가느다란 너의 웃음
너의 목소리가
점점 커져서
지구를 가득 채울 때 있다

이거야말로 큰일,
사랑이 찾아온 것이다.

소녀 1

너는
불의 꽃

너는
물의 열매

사람들 사이에서만 뜨는
무지개

어제도 오늘도 지지 않고
내일도 시들지 않을.

까닭

나는 너에게 무엇을
줄 때만 기뻐하는 사람

나는 내가 준 것을 받고
기뻐하는 너를 보고
더욱 기뻐하는 사람

나에게 주는 기쁨을
알게 한 너에게 감사한다

내일도 너에게
줄 것이 있게 해달라고
하나님께 기도하는 까닭이다.

하늘이 맑아 1

네가 너무 예뻐서 눈물 난다
네가 너무 예뻐서 하늘을 본다

나 만약 하늘을 보며
눈물 글썽이거든
너는 그냥 내가
혼자서 기뻐서, 혹은
슬퍼서 그런 거라고만
여겨다오

꽃이 예쁘고
나무가 사랑스럽고
강물이 반짝여서
그런 거라고만
짐작해다오

내가 만약 한숨을

쉬고 있거든

그냥 나 혼자만의

슬픔에 겨워

그런 거라고만 생각해다오.

카톡 문자

오늘은 흐린 날
그래도 푸르른 나무
초록을 보자
그러면 마음에
초록 물이 들어와
마음에 힘이 솟는다

가끔은 비가 오는 날
그래도 활짝 핀 꽃
분홍을 보자
그러면 마음에
분홍 물이 들어와
마음이 밝아진다

나에게 너는
흐린 날의 초록 나무

비 오는 날의 붉은 꽃

너로 하여 내가 산다

내가 견딘다.

이십대

너는 맑은 샘물
바라보기만 해도
철렁 고이는 마음

너는 숨 쉬는 초록
곁에 두기만 해도
파르르 떨리는 마음

그러나 나는
너의 샘물 흐려질까봐
너의 초록 지워질까봐

잠시 네 곁에 서 있다가
조심조심 발길 옮긴다
그래도 난 외롭지 않단다.

칠갑산 — 사랑이여 조그만 사랑이여 35

어디를 가든
네가 따라다녔다.

꽃을 보아도 예쁜 꽃은
네 얼굴쯤으로 보였고

산을 보아도 조그만 산은
네 가슴쯤으로 보였다.

내 옆에 없는 네가 어느샌가
바람 타고 내 옆에 와서

무엇을 보든 나는 너와 함께 보았고
무엇을 듣든 나는 너와 함께 들었다.

너와 함께 보는

철쭉꽃, 칠갑산 산철쭉꽃.

너와 함께 듣는

방울새 소리, 칠갑산 방울새 소리.

너는 나

네가 예뻐서
내가 좋아

네가 예뻐서
내가 기뻐

너를 보면
내 마음이 꽃이 돼

꽃이 되어 예뻐지고
내 마음에서도 향기가 나

이제는 네가 아니고
나이기도 해.

사랑

우연히 내 안에
들어온 너, 처음엔
탁구공만 하더니

점점 자라서
나보다 더 커지고
지구만큼 자라버렸네

너를 안아본다
지구를 안아본다.

순한 귀

너의 귀에게

감사해

어떤 말을 해줘도

네~

고개 솔깃

귀 기울여주는

너의 귀

순한 너의 귀에게 감사해

순한 너의 귀로 해서

나의 입도 순해져

너의 귀를 따라

나의 입도

조금쯤 맑은 샘물이 되고

조그맣게 입 벌린

꽃이 되기도 한단다.

산

거기 네가 있었다
감았던 눈을 뜨자마자
네가 보였다
사랑하지 않을 수 없었다.

엄마에게

엄마에게 전화할 때
엄마의 말은
너 밥이나 먹었니?
너 지금 어디에 있는 거니?

엄마에게 나는 언제나
밥 굶는 아이이고
길 잃은 아이

엄마, 엄마
걱정하지 마세요
나 집 떠나 멀리 있어도
밥 굶지 않고
길도 잃지 않아요 씩씩해요

엄마가 늘 마음속에 있고

엄마가 또 나의 길이기
때문이에요.

선물

어디서나 산다
언제나 산다
예쁜 것만 보면 산다
사실은 너를 산다
나를 산다
나에게는 이제
네가 선물이다
네가 사는 세상조차
선물이다.

추억이 말하게 하라 4

꽃은 멀리서 볼 때 꽃답고
산은 멀리서 볼 때 산답다
하늘의 흰구름도 멀리서만이
흰구름이고
강물도 멀리서만이 강물인 것,
너 또한 멀리 있을 때
너답고 아름다워라
만나서보다는 헤어져서 더욱 너는 너이고
앞모습일 때보다는 옆모습일 때
너는 더욱 아름다워라
그리하여 끝내
내게서조차 잊혀지므로
너는 하나의 향기가 되리.

유언시 —아들에게 딸에게

아들아 딸아, 지구라는 별에서 너희들

애비로 만난 행운을 감사한다

애비의 삶 길고 가느른 강물이었다

약관의 나이, 문학에의 꿈을 품고 교직에 들어와

43년 넘게 밥을 벌어먹고 살았으며

시인교장이란 말을 들을 때가 가장 좋은 시절이었지
싶다

그 무엇보다도 한 사람 시인으로 기억되기를 희망한다

우렁차고 커다란 소리를 내는 악기보다는 조그맣고
고운

소리를 내는 악기이고 싶었다

아들아, 이후에도 애비의 이름을 기억하는 사람을 만
나거든

함부로 대하지 않기를 부탁한다

딸아, 네가 나서서 애비의 글이나 인생을 말하지 않기
를 바란다

나의 작품은 내가 숨이 있을 때도 나의 소유가 아니고

내가 지상에서 사라진 뒤에도 나의 것이 아니다

저희들끼리 어울려 잘 살아가도록 내버려 두거라

민들레 홀씨가 되어 날아가든 느티나무가 되든 종소

리가 되어

사라지고 말든 내버려 두거라.

인생은 귀한 것이고 참으로 아름다운 것이란 걸

너희들도 이미 알고 있을 터,

하루하루를 이 세상 첫날처럼 맞이하고

이 세상 마지막 날처럼 정리하면서 살 일이다

부디 너희들도 아름다운 지구에서의 날들

잘 지내다 돌아가기를 바란다

이담에 다시 만날지는 나도 잘 모르겠구나.

떠난 아이

꽃 피고 새가 우니
네가 더욱 보고 싶다

꽃 속에서 네가
웃고 있고

새 울음 속에 너의 목소리
들었는가 싶어서.

문간에서 웃다

왜 왔느냐
문간에 서 있는 네가
너무 이쁘다

문득 나타난 꽃인가
네가 웃을 때
차라리 눈을 감는다

언제든 잠시 머물다
가게 마련인 너
서둘러 떠나는 너

가거라 가서는
다시는 오지 말거라
그래도 너는 웃는다.

딸에게 2

내 사랑 내 딸이여 내 자랑 내 딸이여
오늘도 네가 있어 마음속 꽃밭이다
오! 네가 없었다 하면 어쨌을까 싶단다

술 취해 비틀비틀 거리를 거닐 때도
네 생각 떠올리면 정신이 번쩍 든다
고맙다 애비는 지연紙鳶, 너의 끈에 매달린.

응?

초록의 들판에
조그만 소년이
가볍게 가볍게
덩치 큰 소를 끌고 가듯이

귀여운 어린 아기가 끌고 가는
착하신 엄마와 아빠

어여쁜 아이들이 끌고 가는
정다운 학교와 선생님

아가야, 지구를 통째로
너에게 줄 테니
잠들 때까지 망가뜨리지 말고
잘 가지고 놀거라, 응?

막동리 소묘 116

겨울 초입에 마늘촉을 텃밭에 심듯
내 가슴 흙을 후비고 너의 생각을 깊이 묻었다.
봄 되면 마늘촉 트듯 너의 생각에 새싹이 틀까?
추운 겨울을 그것만으로도 춥지 않게 살았다.

애솔나무

작년 봄 뜰에 심은 파르란 애솔나무
때아닌 봄눈 폭설 가지가 휘어졌네
막대로 눈을 털면서 중얼중얼 혼자서

애기야 울지 마라 아프다 하지 마라
내 너를 사랑해서 이러는 줄 너도 알 일
우리도 떨쳐 일어나 새봄맞이 하자꾸나.

막동리 소묘 105

내 집이 있는 곳은 불빛 흐린 곳,
어두운 밤길 더듬더듬 걸어서 시오리.
그렇지만 별빛 더욱 환히 내려와 길을 비추고
너의 생각 더욱 차갑게 나의 가슴을 밝힌다.

새봄의 전갈

거기 봄은 어떠니?

어느새 꿈결처럼

복수초 수선화 피고

살구꽃 앵두꽃 지천으로

피었다 지고

벚꽃 한창 보기 좋더니만

하룻밤 사이 찬비 내려

후루룩 눈처럼 지고

이제는 썰렁한 하늘

겨우겨우 수수꽃다리

연보랏빛 물방울 몽올몽올

피워 올리듯 매달고

검은 비구름 하늘 받들고 있단다

봄이 와도 꽃 옆에 마주

서 있어보지도 못하는 우리!

그래, 너는 그곳에서

너의 봄 너의 꽃 너의 푸르름

잘 지키며 잘 지내렴

이것이 새봄의 전갈이란다.

외눈 뜨고

외눈 뜨고
보는 세상
더 예쁘네

하마터면
못 보았을
너의 눈썹

새로 하얀
하얀 이마 위에
초승달 두 채

눈물이
그렁그렁
더욱 예쁘네.

너에게 말한다 — 사랑이여 조그만 사랑이여 13

네가 나를 좋아한다고 말할 때
나는 너를 좋아하지 않는다고 말하리.

네가 나를 사랑한다고 말할 때
나는 너를 사랑하지 않는다고 말하리.

네가 나 없이는 세상을 살 수 없다고 말할 때
나는 너 없이도 세상을 살아갈 수 있다고 말하리.

네가 내 생각하느라 밤잠을 설쳤다고 말할 때
나는 꿈속에서도 너를 만나지 못했다고 말하리.

꿈꾸는 사랑 — 사랑이여 조그만 사랑이여 17

네 손을 만지기보다는
네 손을 만지고 싶어하는
내 마음만을 아끼고 싶었다.

네 머리칼을 쓸기보담은
네 머리칼을 쓸어주고 싶어 하는
내 마음만을 더 좋아하고 싶었다.

너를 안아주기보다는
너를 안아주고 싶어 하는
내 마음만을 나는 더 가지고 싶었다.

네 입술에 눈빛에 입맞춤하기보다는
네 입술에 눈빛에 입맞춤하고 싶어 하는
나의 마음만으로 나는 더 행복해지고 싶었다.

사랑의 기쁨 — 사랑이여 조그만 사랑이여 25

너로 하여
세상이 초록빛으로 변했다면
아마 너는 나를
거짓말쟁이라 할 것이다.

너로 하여
세상이 갑자기 신바람 나는 세상이 되었다면
역시 너는 나를
거짓말쟁이라 할 것이다.

너를 얻은 뒤부터
세상 전부를 얻은 것 같았다고 말한다면
더더욱 너는 나를
거짓말쟁이라 할 것이다.

너로 하여

나의 세상이 서럽고 외로운 세상이 되었다면

그 또한 너는 나를

거짓말쟁이라 할 것이다.

너를 향하여 — 사랑이여 조그만 사랑이여 47

오늘도 나는
네가 지나가는 것을 보기 위하여
창문을 열고
창가에 앉아
웃고 있다.

너보고 보아달라는 듯이.
너보고 보아달라는 듯이.

엄마 아빠 탓

엄마가 말했어요
너는 예쁜 아이라고
그래서 나는 예쁜 아이가 돼요

아빠가 그랬어요
너는 착한 아이라고
그래서 나는 착한 아이가 돼요
나는 다른 아이는 될 수 없어요
착한 아이 예쁜 아이밖에는
될 수 없어요

내 탓이 아니에요
모두 다 엄마 탓이고
아빠 탓이에요.

너를 보았다 — 사랑이여 조그만 사랑이여 52

오늘도 나는 너를 보았다.

여적 한 번도 보지 못한 어깨걸이

빨간색 가방을 메고

걸어가는 너를 보았다.

무슨 즐거운 일이 있는지

친구와 웃으며 너는 걸어가고 있었다.

너를 보았으므로 오늘 하루도

나에겐 뜻깊고 보람 있는 하루가 될 것이다.

오늘 밤 꿈속에서 나는 또 너를

너도 모르게 만날 것이다.

당진 가는 길

아무도 보아주지 않고
아무도 지나다니지도 않는
잊혀진 길 벚꽃 길에
어제 저녁 비에 벚꽃잎
화들짝 눈처럼 서리처럼
떨어져 쌓여 있으니
이를 어쩌면 좋으냐
이를 어쩌면 좋단 말이냐
분명, 이 봄에 너와 나
사람의 일도
그러할 텐데 말이야.

너와 함께 — 구름이여 꿈꾸는 구름이여 52

나 혼자만 가야 하는
천국이요 극락이라면
사양하겠네.

심심해서
너 없이는 심심해서

천국에도 극락에도
가지 않겠네.

네가 있는 곳이
먼지 속이라면
먼지 되어 섞여 살겠고

네가 있는 곳이
미움과 욕설 속이라면

미움이 되어 욕설이 되어 썩겠네.

무너지는 살과 뼈 옆에
나도 무너지는 살과 뼈가 되겠네.

2부

너를 생각하는 마음은

숲

안 돼 안 돼
우리가 너무 오랜만에
만났단 말이야

조금만 더 너를
안고 있게 해다오.

생각의 차이 —구름이여 꿈꾸는 구름이여 1

너랑
꽃밭의 꽃을 바라보고 있었다.
나는 꽃을 꺾지 말고 그냥
꽃나무인 채 바라보자고 했고
너는 꽃을 꺾어다 꽃병에 꽂아 놓아두고
보자고 했다.

아무리 꺾어도 꽃은
새로이 피어오르기 마련이니까
꺾어도 된다는 것이 너의 지론이고
그렇더라도 꽃은 꺾지 말고 그냥
꽃나무인 채로 보는 것이 더 좋다는 것이
나의 지론이다.

이 두 생각의 차이,
세상을 바라보는

이 두 입장의 차이,

너와 나와의 사이에 언제나 이만큼

좁혀지지 않는

이 두 생각의 차이는

어디서부터 오는 것일까?

허기사, 세상은 그래서

네게나 내게나

또 한번 비늘 반짝이고

새로운 세상으로 보이는지

모를 일이다.

조용한 고백

세상 무던히도 살기 힘겨울 때는
아무 데나 숲속을 찾아가
이름 모를 잡풀을 바라보고
그들과 이야기 나누어봅시다
얘들아, 너희들도
살기가 이토록 힘겹니?

세상 무던히도 마음 상하고 짜증날 때는
아무 데나 들판을 거닐며
이름 잃은 잡풀을 바라보고
그들의 이름 하나하나를 불러봅니다
너는 밥보재꽃, 너는 꼭두선이
그래그래 너는 며느리배꼽
오, 또 너는 코딱지나물.

귓속말 2

순간순간 어렵게 헤어지고
하루하루 힘들게 만난다

같이 가자 우리
멀리까지 같이 가자

울면서 말을 해도 너는 끝내
알아듣지 못한다.

이별 아이

꽃 피고 새가 우니
더욱 네가 보고 싶어진다

꽃 속에 너의 웃는
얼굴이 있고

바람 속에 너의 목소리
들었는가 싶어서…….

미완의 이별 3

날마다 나의 과업은
너 보고 싶은 마음을 줄이는 일

날마다 내 삶의 목표는
살고 싶은 마음을 조금씩 내려놓는 일

그러기 위해서는 더욱
열심히 살고 부지런히 사랑해야 하겠지

날마다 나의 과업은
몸과 마음이 조금씩 가벼워지는 일

그리하여 새털처럼 가볍게
가볍게 지구를 떠나가는 일

바이 바이 인생, 원망을 남기지 않고

너 보고 싶은 마음도 남기지 않고.

사랑

둘이 눈을 마주 보고 있었다
네 눈에 눈물이 고였다
점점 너의 얼굴이 흐리게 보였다

왜일까?
실은 내 눈에 더 많은 눈물이
고여 있음을 내가 몰랐던 거다.

파도

바위는 언제나 그 자리
그대로 있지만
파도는 저 혼자 애가 타서
거품을 물고 몰려와서는
제 몸을 부수고
산산조각으로 죽는다

오늘 너를 두고 나의 꼴이다.

새해

너 본 지 오래다
1년이나 지났네

너를 만난 건
지난해 12월 31일
오늘은 새해 1월 1일

날마다 만나도
보고 싶은 너
하루를 못 보면
1년을 보지 못한 듯

날마다 만나며 살자
순간순간 만나며 살자
마음으로 그렇게 하자.

나는 네가 좋다

나는 네가 좋다

그냥 좋다

그런데 너는 나를

좋아하지 않는 것 같다

내가 말을 걸어도

대답도 잘 하지 않고

내가 웃어도

같이 웃어주지 않고

내가 바라봐도 나와

눈 마주쳐주지도 않는다

아마도 네가 좋아하는 아이가

따로 있는가보다

그래도 나는 네가 좋다

너를 좋아하는 마음을

그만두고 싶어도

쉽게 그만두어지지 않는다

그래서 나는 마음이 아프다

너를 보면 마음이 아프고

너의 목소리 들으면

더욱 마음이 아프다

그래도 나는 너를 좋아할 거다

너를 좋아하는 건

내 마음이고

누구도 말릴 수 없는 일이다

너도 내 마음만은 말리지 말아라

마음이 아파도 나는 너를

계속해서 좋아할 거다

그냥 좋아할 거다.

너도

울고 싶으냐?

소낙비
맞고
너도

주먹봉숭아.

오키나와 여름

입을 대기도 전에 녹는
아이스크림 같은 인생

너무도 덧없어서
마음이 아팠다

너는 또 내 앞에서
더 빨리 녹고 있었다.

외면

얼굴이 많이 야위셨네요
며칠 사이

너의 얼굴 보지 못해 그러함을
너는 잠시 모른 척 눈을 감는다.

꿈속에서

많은 사람 가운데
너만 없었다

찾아도 찾아도
끝내 보이지 않았다

꿈이지만 애달팠다
주저앉고 싶었다.

네 앞에서 — 사랑이여 조그만 사랑이여 55

나는 네 앞에서 조바심난다,
네가 너무나 예쁘므로.

나는 네 앞에서 슬퍼진다,
내 마음이 자주 흔들리므로.

나는 너를 만나게 된 것을 후회한다,
너는 기쁨도 가져왔지만
기쁨의 크기보다 더 큰 고통을 가져왔으므로.

너와 함께 있을 땐 빨리 헤어지고 싶고
헤어지고 나서는 보고 싶어 가슴 조여지는
나의 마음을 나도 모른다.

날이 저문다

머뭇거리며 머뭇거리며
한 날이 저문다
누구에게나 기념할 만한 날이고
위대한 한 날

무슨 생각이 그리 많은지
천천히 천천히 고개 숙인다
아직도 할 말이 많이
남아 있다는 듯

바람도 돌아와 두 손을 접고
향일성의 꽃들도 입을 다물겠지
세상에 와서 허락 받은 오직
첫날이자 마지막 날인 오늘

내가 너를 생각하고 잠시나마

너를 사랑했던 일이 세상에서

가장 좋은 일이었음을

나는 잊지 않는다

너를 보았다 1

세상을 한 바퀴 돌아왔을 때
네가 기다리고 있었다

너무 늦게 만난 것이었다

너와 함께 떠날 세상이
있었다면 얼마나 좋았을까?

*

오늘도 너를 보았다

빈방에서 흐느껴 울다가 보았고
골목길 걷다가 소낙비 끝에 보았다

너는 별빛 너머 빛나는 별

꽃송이 속에 웃고 있는 꽃

더는 꿈꾸지 않아도 좋겠다.

누이야 누이야 —이도백하, 맨드라미꽃 속으로 지는 노을

집집마다 좁은 마당
우루루 대문간에
쫓겨 나와
머쓱하니 서 있는
봉숭아 분꽃
그리고 맨드라미

더러는 꽃망울도 물고
꽃송이도 피웠구나
먼지 뒤집어쓰고
악다구니 소음에
귀를 막고

사람이 심어 가꾸어도
꽃을 피우고
사람이 심어 가꾸지 않아도

때 알아서
꽃을 피우는 꽃들

빨갛게 지는
노을을 머금고
해가 진다

누이야 누이야
울컥울컥 너도
울고 싶으냐?

해가 지고
날 어둡는 동안
내 늬들 옆에 오래
서 있으마.

전학 간 친구 그리워

한 송이 제비꽃
새파란 꽃잎 속에는
전학 간 친구 얼굴이
나를 보고 웃고 있어요

친구야 친구야 나의 친구야
전학 갈 때 내 손을 잡고
울먹이던 나의 친구야

너 없이 나 혼자서
오고 가는 학교 길
봄이 오니 친구가
더욱더 보고 싶어요

한 송이 민들레
샛노란 꽃잎 속에는

떠나간 친구 모습이
나를 보고 알은 체해요

친구야 친구야 나의 친구야
전학 갈 때 웃는 네 얼굴
데리고 간 나의 친구야

오늘은 나 혼자서
오고 가는 학교 길
꽃이 피니 친구가
더욱더 그리워져요.

마음의 짐승

너 보고 싶은 마음
너무 사나워
몸을 줄이면서부터 마음의
품도 많이 줄었다

징그럽던 맨드라미도
예쁘게 보이기 시작했으며
봉숭아는 더욱 애처롭게 보였다
그것이 봉숭아가 아니고
맨드라미가 아니라도 좋았다

몸을 바꾸면 마음도
따라서 바뀌어진다는 것을
알게 되어서 참
기쁘다.

변방 17

나를 버리려고 산으로 간다.
내가 지고 있기에 힘겨운
내 몸무게만큼의 위선,
내 얼굴 크기만큼의 가면,
내 이름만큼의 허세,
벗어던지기 위해 산으로 간다.
산으로 가면
나무
숲
풀
새소리
물소리
무엇이 또 있을까만
내게 지워진 너의 기대,
너의 동경,

너의 수사修辭,

벗어놓기 위해서 산으로 간다.

텁수룩한 수염 깎고

머릴 감고

빈 마음이 되기 위하여

빈 마음을 데려오기 위하여

산으로 간다.

내 몸 바치는 연습하러

산으로 간다.

변방 19

9월이
지구의 북반구 위에
머물러 있는 동안
사과는 사과나무 가지 위에서 익고
대추는 대추나무 가지 위에서 익고
너는
내 가슴속에 들어와 익는다.

9월이
지구의 북반구 위에서
서서히 물러가는 동안
사과는
사과나무 가지를 떠나야 되고
대추는
대추나무 가지를 떠나야 하고
너는

내 가슴속을 떠나야 한다.

안쓰러움 – 구름이여 꿈꾸는 구름이여 11

손이라도 잡아줄 걸
그랬다.

만나지 못하던 그동안
더욱 하얘진 얼굴
가늘어진 모가지

밥맛이 없어 내내
밥을 먹지 못했다
한다.
까닭 없이 잠도 설쳤다
한다.

다그쳐 물어보지 않았지만
그게 나로 하여 비롯되었다면
어쩌나,

어쩌나,

나는 너에게 아무것도
줄 것이 없는데
네가 갖고 싶어 하는 아무것도
나는 갖고 있지 않는데
어쩌나,
어쩌나,

손이라도 잡아줄 걸
그랬다.

몽유

못나서 좋아졌다고 했다
가여워서 사랑했다고 했다

어쩌면 좋으냐!
어쩌면 좋단 말이냐!

쉽사리 돌아서지도 못하는
절벽 앞

꿈속에서도 너를
찾아 헤맨다.

네가 오는 날

네가 오는 날은
비워두는 날
하늘을 비우고 땅을 비우고
초라한 나의 인생조차 비워둔다

비어 있는 하늘 땅 가득
너를 채우고
비워둔 나의 인생 가득
너를 채워서

세상에는 없는 꽃
크고도 맑고 향기로운
꽃 한 송이 피워내고자
까치발 딛고 긴 목을 하고서

급한 나머지 내가 먼저 서툴게

꽃 한 송이 피우기로 한다.

밤 벚꽃

그렇구나

그렇구나

너와 함께

걸었던 그 길

그 길에

꽃이 피었구나

그것도 벚꽃

밤이 와

불빛 비쳐

꽃들이 흐느껴

우는 것 같구나

슬퍼서가 아니라

기뻐서

다시 만났다고

다시 꽃을 피웠다고

좋은 사람

만나야 할 사람도
함께 만났다고.

멀리서 봄

여기 벚꽃이 피었다
작년에 너와 함께
와서 보던 그 길에
올해도 벚꽃이 피었다

아니야 너와 함께
보았으면 하고 생각만 하던
그 길 그 나무 아래
벚꽃이 피었다

어디선가 허공에
와와 하는 소리
벌들 가득 날아와 꽃나무에
잔치를 벌였네

비록 오늘 너와 함께

벚꽃 구경하지 못해도
잘 있거라 그곳에서
네가 벚꽃 나무 되어
하늘 환하게 밝히고
세상의 꿀벌들 불러 모아
잔치하거라

나도 여기 당분간 잘 있으마
힘겨운 지구 힘겨운 우리
그래도 봄이 오고 벚꽃 다시
찾아오니 좋지 않으냐.

길모퉁이

나무가 한 그루 서 있었다
나무 이름은 몰라도 좋았다
봄이 다시 와 나무에
꽃이 피어나고 새잎이 돋고……

여전히 너는 올해도 돌아오지 않았다
바람 불어 꽃잎이 지고
새잎 또한 바람에 날리고
다만 나는 여러 날 나무 밑을
혼자서 오갔을 뿐

바람에 다시
머플러가 날리고 꽃잎도 날리고
마음도 멀리까지 날리고…….

헤진 사람아

사람아, 헤진 사람아.

너는 아침에 일어나 어지러운 잠 깨어
문을 열고
밤 사이 새로 꽃 핀 꽃밭을
바라보는 나의 잠시.
꽃잎에 고인 이슬방울들.

집 없이 헤매던 어둔 골목길에서
문득 멈추어 서서 바라보는
치렁치렁 밤하늘의 별무리 한 두름.
그것에 모은 나의 눈동자.

사람아, 헤진 사람아.

너는 램프를 밝히고

책을 읽다가

문득 등피燈皮에서 만나는 얼굴.

근심스레 숙여진 뽀오얀 이마.

도톰한 귓밥.

사람아, 헤진 사람아.

너와 나와 같은 세상에

같은 하늘을 이고 살아가고 있음만을

감사, 감사하는 나의 이 시간.

네게서 출발해서

숨결 불어오드키 하는

푸르른 바람 한 줄기 속의 이 약속.

너의 향기

무엇을 어쩌자는 것이
아니다
무엇이 또 어떻다는 것이
아니다

다만 만나서 나눈 이야기가
오래 남고
만나서 서로 이루었던 웃음이며
표정이 또 오래 머뭇거려서
잠시 기우뚱 어지럽기도 하고
멀리 그 목소리 그 웃음과
표정이 그립기도 하고
아뜩하기도 했다는 말이다.

나는 이것을 오래 남는
향기라고 말하고 싶다

아니, 너의 향기라고

말하고 싶다.

너를 생각하는 마음은

너를 생각하는 마음은
오래고 질기어
어느 땅과 바람의 한 구석에 숨어서
안타까운 안타까운
그 홀로의 몸짓을 한다.

─ 그것은 바람에 흔들리는
초여름의 나무 이파리.
결코 죽을 수 없는
추상抽象의 나무 이파리.

향나무 그늘의 옹달샘
맑은 물이 고이듯
항상 자그맣게
보일 듯 말 듯 설레며 물결지며

너를 생각하는 마음은

홀로 달뜨며 가꾸는

가슴 안의 빈 달무리.

어느 빈 구름 속이나 바람 속에 숨어서

싸느라니 흔들리고 있다.

문자메시지

머나먼 우주 공간을 가면서

외로운 별 하나가 역시

외로운 별 하나에게 소식을 전하듯

오늘도 나는 너에게

문자메시지를 보낸다

너 지금 어디서 무엇을 하고 있니?

누구랑 같이 있는 거니?

여기서 보는 하늘은 맑고

하늘엔 구름이 떴어

거기 하늘은 어때?

만나지 못하고 지내는

토요일이나 일요일 혹은

공휴일 며칠

보고 싶어서 다시는

만나지 못할 것만 같아서.

이별 1

지구라는 별
오늘이라는 하루
두 번 다시 만나지 못할
정다운 사람인 너

네 앞에 있는 나는 지금
울고 있는 거냐?
웃고 있는 거냐?

그냥

사람이 그립다
많은 사람 속에 있어도
사람이 그립다
그냥 너 한 사람.

그래서 꽃이다

나는 구름 위에 있는데
너는 구름 아래 있구나

나는 너를 보고 있는데
너는 나를 보지 못하고 있구나

어쩌면 좋으냐?
어쩌면 좋단 말이냐?

나는 울고 있는데
너는 웃고 있구나.

겨울 차창

모두가 안개다
안개일 뿐이다
너를 두고 밤을 새워
보고 싶어 한 일도
가슴 두근거린 일도
한때의 안개일 뿐이다

차창에 흐르는 것은
다만 박무薄霧
비어 있는 들판
시든 풀숲이며
이파리 떨군 나무들
나무들 행렬

너 지금 어디 있느냐
어디서 무얼 하고 있느냐

울고 싶은 나를 이대로
버려두지 말아다오
아니다, 저대로 그냥
내버려 두어다오.

시루봉 아래

나 아직 여기 있다
시루봉 아래 흰 구름 아래
나 아직 흘러가지 않고
세찬 물소리 그 곁에
나 아직 지워지지 않고

나 아직 여기 있다
너를 생각하는 붉은 꽃
심장 하나로
나 아직 여기 있다
나 아직 여기 울고 있다.

소녀 5

한때 나에게 너는
피어나는 꽃

한때 나에게 너는
이슬밭의 풀잎

한때 또 나에게 너는
날아가는 새

그러나 지금 나에게 너는
흘러도 쉬임 없는 강물

언제쯤 네가 변하여
소리쳐도 대답 않는 산이 될지 모른다.

소녀 7

처음 만났을 때
너는 내 가슴의
초인종을 눌렀다
이적지 아무도
찾지도 못하고
누르지도 않은
초인종을 찾아 눌렀다
소스라쳐 놀란 나는
그만, 그만!
소리쳤지만
들은 척도 않고 너는
계속 초인종을 눌렀다
네 눈과 귀
입과 모가지
그리고 머리칼 하나하나가
손이 되어

초인종을 눌렀다

그리고 나서 너는

내가 언제 그랬냐는 듯

웃으며 내게서

멀어져 갔다.

추억이 말하게 하라 3

저기는
너와 함께 바라보던
산이요 강물이요 하늘 흰 구름인데
산벚꽃나무 아그배나무 수풀인데

여기는
너와 함께 걸어보던
고갯길이요 미루나무 줄지어 선 숲길인데

아! 발 밑에 이것은
너와 함께 눈맞추며 따올리던 제비꽃
그 아기 제비꽃인데

이제 너는 없고
너와 함께 바라보던 모든
자리는 비어 있고

너와 차지하던 곳에

너의 눈빛 너의 숨소리 하나 남아 있지 않고
다만 네 마음의 빛
네 마음의 향기만 남아
철없는 나를 울리고 있네.

이별 2

날마다 많은 것들을
훔치며 산다

산을 훔치고
산 위에 뜬 흰구름을 훔치고
새소리 바람소리까지 훔친다

보아라 오늘 눈물 글썽이며
웃고 있는 나를 보아라

너의 얼굴을 훔치고
너의 웃음 너의 목소리를
훔쳐 가슴에 부둥켜안고
울먹이고 있는 나를 좀 보아라.

가을밤

너 없이 나 어찌 살꼬?

나무에서 나뭇잎
밤을 새워 내려앉는데

나 없이 너 어찌 살꼬?

밤을 새워 별들은
더욱 멀리 빛이 나는데.

녹음 계절 −사랑이여 조그만 사랑이여 43

녹음 우거질 때
우는 뻐꾸기.
뻐꾸기 울음 울 때
우거지는 녹음.

녹음 우거져
뻐꾸기 우는 건가,
뻐꾸기 울어
녹음 우거지는 건가,

내 마음속 녹음에
와서 우는 너는
나의 뻐꾸기.

저만큼 — 사랑이여 조그만 사랑이여 44

오늘은 네가 나무잎새 푸른

나뭇가지 사이로 혼자 걸어가는 것을 보았다.

친구도 없이

책을 옆에 끼고

길바닥을 바라보며

혼자서 걸어가는 것을 보았다.

무슨 생각을 저리 골똘히 하는 걸까?

나는 따라가 네 이름을 부르고 싶었다.

네가 무슨 생각을 하고 있는지 알아보고 싶었다.

그러나 내가 망설이는 사이 너는

너무나 멀리 사라져버렸다.

너는 외로운

새끼새,

산길에 구름 바라 선

아기사슴.

몫

자연과 함께 삶에 대한 찬탄은
나의 몫이요
나의 사랑은 너의 몫이다
후회와 쓸쓸함은 나의 몫이요
기쁨과 아름다움은 너의 몫이다
너 그대로 있거라
그냥 그대로 있거라.

3부

너는 흐르는 별

서로 하는 말

사랑한다 애야
너도 나를 사랑하는 줄
모르지 않는단다.

변방 15

내 사랑은 미움으로 시작되고
미움으로 싱싱해진다.

미운 사람은 나에게
세상 살맛을 부추겨준다.

미운 사람이 있기에 나는
세상에서 숨을 쉴 이유를 가진다.

미운 사람이 세상에 살아남아 있을 때까지는
나는 결코 눈을 감아서는 안 된다.

미운 사람아,
우리 따뜻한 손을 잡지 않으련!

너와 나의 마음이 지상에서 꽃이 되는 날

우리는 나란히 죽어 하늘로 가 별이 될 것이다.

너는 흐르는 별

너는 흐르는 별
나도 또한 흐르는 별

어제 간 곳을 오늘 또
지나친다 말하지 말자

어제 만난 것들을 오늘 또
만난다 생각 말자

비록 어제 간 길을 가고
어제 본 산과 들과 나무들을 보며
어제 만난 너와 내가 다시 만나지만

어제의 너와 나는 죽고
어제의 산과 들과 나무는
더불어 죽고

오늘의 너는 새로이 태어난 너

오늘의 나는 새로이 눈을 뜬 나

오늘 우리는 새로이 만나고

오늘 우리는 새로이 반짝인다

너는 흐르는 별

나도 또한 흐르는 별.

상생

나한테 좋은 것이면
너에게도 좋고

너한테 좋은 것이면
나에게도 좋다

더 이상 해답은 없다.

가을 햇살 아래

가을 햇살은
겸손하고 부드럽다
부릅뜬 눈을 거두어
다감한 눈으로
사람을 보기 시작한다

괜찮아 괜찮아
올해도 수고 많았지
조금씩 좋아질 거야
사람의 머리를 쓰다듬고
사람의 어깨를 쓸어준다

가을 햇살은 우리에게
부드러움과 착함을 가르친다
올해도 가을
내가 살아서 다시

너를 만남이 행운이다.

그리움

가다가 멈추면
가까워지고

돌아서면 더욱
가까워지는 길

그 길 끝에
너의 마음이 산다.

그대 지키는 나의 등불 13

우리가 죽으면 별이 되리라
세상에서 가난하고 슬프게 살았지만
아름다운 생각
사랑하는 마음
잃지 않고 살았으니
별이 되리라

너의 별은
너처럼 야무지게 입 다문
작은 별
나의 별은
너를 위해 수박등인 양
빛나는 떨기별

우리가 다시 태어나면 별이 되리라
세상에서 외롭고 춥게 살았지만

사랑하는 마음

아름다운 생각

잃지 않으려고 애쓰며 살았으니

별이 되리라.

포옹

왜 나는 너를 만나고 싶고
너를 안아주고 싶은 걸까?
그건 네가 그동안 오래 잃어버린
나 자신이기 때문 아닐까!
그렇다면 너를 안아주는 일은
너를 안아주는 게 아니라
결국
나를 안아주는 게 아닐까!
모르겠다
얼른 너를 만나
너를 안아주고 싶다.

둘이서

둘이서 손잡고
꽃나무 아래 갔지요

너도 꽃나무
나도 꽃나무

둘이서 꽃나무 아래
꽃나무였지요.

봄비가 내린다

봄의 들판에 내리는 비를 본 적이 있니?
들판은 결코 빗방울을 거부하지 않고
빗방울은 또 들판을 두려워하지 않는단다
빗방울은 하늘에서 훌쩍 뛰어내려
들판의 가슴에 안기고 들판은 빗방울을
부드럽게 소리 없이 받아들여 안아준단다
아니야, 하나가 되어버린단다
들판도 빗방울도 아닌 그 무엇!
그것은 내가 나를 떠나서 또 다른 내가 되고
네가 너를 떠나서 역시 또 다른 네가 되는
눈부신 매직, 떨림의 세상
그 떨림의 세상이 하나하나 들판의 새싹들을
일으켜 세우는 힘이 되는 거겠지
세상의 온갖 생명들을 존재케 하는 축복이 되는 거겠지
이제 우리의 사랑도 그리 되었으면 해.

사막 6

너와 내가
부둥켜안고 살다가
모래가 되고

드디어 모래바람이 되어
다시 일어서야 하는 땅

너도 사라지고
나도 사라지고 없는
바로 그 어디쯤.

날마다

날마다 오늘이 첫날
날마다 오늘이 마지막 날
날마다 그렇게 우리는
기적의 사람들

언제나 내 앞에 있는 너는
최초의 사람이고 또
최후의 사람인 것을.

우두두두

장미 한 송이 꺾어 지구의 머리 위에 얹어본다
지구가 빙그레 웃음짓는다

패랭이꽃 한 송이 꺾어 너의 머리칼에 꽂아본다
너도 배시시 웃음짓는다

검은 구름과 거센 바람이 산맥과 강물을
소리 내며 밟고 지나간다

우두두두
올해도 이렇게 여름이 찾아왔다.

퐁당

어제는 너를 보고 조약돌이라고 말하고
오늘은 너를 보고 호수라고 말했다
어제 조약돌이라고 말한 너를 집어 들어
오늘 호수라고 말한 너를 향해 던져본다
이래도 말을 하지 않을 테냐, 퐁당!

강릉 간다

매몰차게 뿌리치고 떠나와 결코
너를 마음 밖으로 밀어낼 수 없음을 알았다
벼랑 앞에 서 있는 사람이
네가 아니고 바로 나임을 알았다

그래, 이젠 떠나라
너 좋은 곳으로 떠나가
너 좋은 사람과 네 뜻대로 살라

사북 지나 고한 지나
강원도라 푸르른 땅 서러운 골짜기
드디어 감청의 바다물빛
더러는 소나무 수풀 허전한 종아리 사이로
허옇게 이빨 드러내놓고
허튼 웃음 풀어놓는 물소리 물소리

눈물겨워라 6월의 신록 위로 무차별
쏟아지는 눈부신 햇살
네가 포기할 수 없는 것들이 바로
내가 포기할 수 없는 것들임을 알게 되어
오히려 고맙다.

사랑은 혼자서

사랑은 여럿이가 아니라
혼자서 쓸쓸한 생각
저무는 저녁해
그리고 깜깜한 어둠

사랑은 둘이 아니라
혼자서 푸르른 산맥
흐르는 시내
그리고 풀벌레 울음

사랑은 너와 함께가 아니라
혼자서 이루는 약속
머나먼 내일
그리고 이별과 망각.

잠시

구름이 흐르고
천둥소리 새소리 스쳐도
끝끝내 흐려지지 않는
호수
깊은 골짜기 아무도
모르는 호수처럼
너 그렇게 맑게 고요하게
끝끝내 변함없이
그 자리 그 모습 그대로
있을 것만 같아
나를 기다려
커다란 눈망울에 산을 하나
품고 있을 것만 같아
문득 눈물겨운 날이
나에게 있었단다
— 지금은 내 생애 가장

아름다운 한때.

살아남기 위하여

순간순간 희망을 버린다
버리지 않으면
버티지 못할 것만 같아서
하늘 끝으로 빨려
올라갈 것만 같아서

들숨에 한 번 버리고
날숨에 다시 한 번 버린다
사랑한다, 사랑했다
너를 버리고
너의 사랑을 버린다.

이 가을에

아직도 너를

사랑해서 슬프다.

배회 徘徊

1

사랑하는 사람아, 너는 모를 것이다.
이렇게 멀리 떨어진 변방의 둘레를 돌면서
내가 얼마나 너를 생각하고 있는가를.

사랑하는 사람아, 너는 까마득 짐작도 못 할 것이다.
겨울 저수지의 외곽 길을 돌면서
맑은 물낯에 산을 한 채 비춰보고
겨울 흰 구름 몇 송이 띄워보고
볼우물 곱게 웃음 웃는 너의 얼굴 또한
그 물낯에 비춰보기도 하다가
이내 싱거워 돌멩이 하나 던져 깨뜨리고 마는
슬픈 나의 장난을.

2

솔바람 소리는 그늘조차 푸른빛이다.
솔바람 소리의 그늘에 들면 옷깃에도
푸른 옥빛 물감이 들 것만 같다.
사랑하는 사람아,
내가 너를 생각하는 마음조차 그만
포로소름 옥빛 물감이 들고 만다면
어찌겠느냐 어찌겠느냐.

솔바람 소리 속에는
자수정 빛 네 눈물 비린내 스며 있다.
솔바람 소리 속에는
비릿한 네 속살 내음새 묻어 있다.

사랑하는 사람아,

내가 너를 사랑하는 이 마음조차 그만
눈물 비린내에 스미고 만다면
어찌겠느냐 어찌겠느냐.

3

나는 지금도 네게로 가고 있다.
마른 갈꽃 내음 한 아름 가슴에 안고
살얼음에 버려진 골목길 저만큼
네모난 창문의 방안에 숨어서
나를 기다리는

빨강 치마 흰 버선 속의 따스한 너의 맨발을 찾아서.
네 열 개 발가락의 잘 다듬어진 발톱들 속으로.

지금도 나는 네게로 가고 있다.

마른 갈꽃송이 꺾어 한아름 가슴에 안고

처마 밑에 정갈히 내건 한 초롱

네 처녀의 등불을 찾아서.

네 이쁜 배꼽의 한 접시 목마름 속으로

기뻐서 지줄대는 네 실핏줄의 노래들 속으로.

며칠

눈이 짓무른다는 말이
맞다

눈에 밟힌다는 말이
맞다

너 못 보고 지내는
며칠

귀에 쟁쟁쟁 울린다는 말이 또다시
맞다

소낙비 와 씻긴 돌각담
아래

채송화 봉숭아 함께 나도

울보다.

너를 좋아하는 것은 —사랑이여 조그만 사랑이여 3

내가 너를 좋아하는 것은
실은
내가 나를 좋아한다는 말이다.

내가 너를 그리워한다는 것은
실은
내가 나를 그리워한다는 말이다.

내가 너를 두고 외로워한다는 이것은
실은
내가 나를 두고 외로워한다는 말이다.

내가 너를 사랑한다는 이것은
실은
내가 나를 사랑한다는 말이다.

내가 너를 떠난다는 이것은
실은
내가 나를 떠난다는 말이다.

내가 너를 포기한다는 이것은
실은
내가 나를 포기한다는 말이다.

하루만 보지 못해도 — 사랑이여 조그만 사랑이여 5

하루만 보지 못해도
무슨 일이 있지나 않을까……
네가 나를 아주 잊어버리지나
않았을까……

길모퉁이 담장 아래에도
너는 서 있고

공원의 나무 아래 벤치에도
너는 앉아 있고

오가는 사람들의 물결 속에도
너는 섞여 있고
길거리 밝은 불빛 속에서도
너는 웃으면서 내게로 온다.

아, 그러나

너는 언제나 내 앞에 없었다.

너를 알고 난 다음부터 나는
— 사랑이여 조그만 사랑이여 9

너를 알고 난 다음부터 나는
잠을 자도
혼자 잠을 자는 것이 아니라
너와 함께 잠을 자는 것이요,

너를 알고 난 다음부터 나는
길을 걸어도
혼자 걷는 것이 아니라
너와 함께 걷는 것이요,

너를 알고 난 다음부터 나는
달을 보아도
혼자 바라보는 달이 아니라
너와 함께 바라보는 달이다.

너를 알고 난 다음부터 나는

노래를 들어도

혼자 듣는 노래가 아니라

너와 함께 듣는 노래이다.

막동리소묘 169

너는 낯선 풀밭이 되어 내게로 왔다.
너는 골짜기 풀숲이 되어 수줍게 앉아 있었다.
네가 앉았다 간 자리에서는 풀꽃 냄새 두어 송이
한참 동안 흔들리다가 너를 따라갔다.

달님 — 사랑이여 조그만 사랑이여 10

차고 맑은 여울물에 빠져 부서지는 달님은

차고 깨끗한 너의 얼굴.

신록에 얹히는 산들바람은

너의 머리칼 내음 머금은 바람.

나만의 비밀 — 사랑이여 조그만 사랑이여 28

너를 생각하는 나의 마음은
아무에게도 들키고 싶지 않은
나만의 비밀.

너를 생각하는 나의 마음은
너한테도 들키고 싶지 않은
나만의 비밀.

함구

이기적인 인간이라
나무라지 마라

너처럼 오래 한자리 지켜
나를 생각해준 사람 없고
너처럼 밤을 새워가며
나를 위해 기도해준 사람
없다

혼자서 쓸쓸했을 것이다
외로웠을 것이다
슬프기도 했을 것이다

그래서 너를 가슴속 깊숙이
감추기로 한다
너도 발설하지 말아라.

별을 사랑하여

말갛게 푸르게 개인 하늘이었다가
흰구름이었다가 흐린 날이었다가
천둥번개였다가 깜깜한 밤이었다가

아니, 아니
호들갑스런 새소리였다가 명랑한 물소리였다가
나비 날개의 하느적임이었다가
바람에 몸을 뒤채는 수풀이었다가

너를 생각하면 나는
오만가지 마음으로 변하고
너를 만나면 다시
오만가지 변덕을 부리곤 한다

허지만, 허지만 말이다
너를 사랑함으로 하여

더욱 내가 순해지고 깊어지고

끝내는 구원 받는 그 어떤 사람이고 싶은 것

이것이 나의 마지막 소원이기도 하다.

감상주의자 1

다른 무슨 까닭이 따로 있겠니?
다만 길거리에 그것도
낯선 길거리에 너 혼자 세워놓고
돌아서는 마음이 마냥
흔들리고 구슬프기만 했단다
돌아보고 또 돌아보는 마음을
너무 나무라지 말아라
사람은 언제부터 그렇게
눈에 보이지도 않는 한 점 붉고도
부끄러운 잔정에 끄달려 살았던가
언제까지 뒤돌아보고 망설이고
보고서도 또 보고 싶은 마음에
매달려 살았던가
이것은 목숨 가진 자의 한낱 굴레
부디 길 잃지 말고 집 찾아
잘 돌아가기만 비는 마음이었단다.

오후의 카톡

전화 안 받네

바쁜가봐

회의 중 아니면 미팅

잊지 마

오늘도 바쁘게

힘들게 보냈지만

오늘도 소중한 한 날

지구 여행 가운데

한 날이라는 것

여전히 반짝이는 날이고

숨 가쁘도록

벅찬 날이라는 것

오늘 일정 잘 마치고

집에 돌아가

찬물에 발을 씻고

잘 쉬길 바람

멀리 있지만 언제나

내가 네 곁에 함께

있고 싶어 한다는 것

잊지 말아줘

오늘도 아침

자전거 타고 가다가

새로 솟아 반짝이는

사철나무 이파리

야들야들 이파리를 보았단다

잠시 그 이파리를

너라고 생각해보았단다.

소녀 6

비 오는 날 비좁은
버스 안에서 너를 만났다
무거운 가방을 들고
빗방울 떨어지는
우산을 들고
나는 네 옆에 서 있었다
네 옆에 서 있는 것만으로도
나는 가득하고 황홀했다
먼저 내가 버스에서 내려
떠나가는 버스를
바라보았다
흐려진 버스 유리창에
네 옆얼굴이 얼비쳐 보였다
너는 나를 바라보지도 않았고
웃어주지도 않았다
네가 탄 버스가 떠나가버린

뒤에도 오래도록 나는
그 자리에 서 있었다
그래도 나는 좋았다
어디선가 이름 모를
향기가 스몄다.

인생

사막 하나를
사이에 두고

막막한 이쪽과
적막한 저쪽

세상 끝날까지
너와 나.

오랑캐꽃

쓸쓸한 산길에
나를 지켜
네가 거기
있었구나
그렇게 오래도록 오랑캐꽃

오오 누이여
서러운 나의 누이여

외로운 하늘에
흰 구름 보며
아직도 너는
울고 있구나
그렇게 오래도록 오랑캐꽃.

후회

이담에 이담에 나는 너에게
사랑한다는 말을 너무 여러 번 한 것을
후회할 것이고

너는 한 번도 나에게
사랑한다는 말을 하지 않은 것을
후회할지도 모른다.

과연 사랑이었을까

우리가 한 것이 과연 사랑이었을까?
나는 나 좋은 일만 하고
너는 너 좋은 일만 했다

우리가 나눈 것이 과연 아름다움이었을까?
나는 나 좋은 말만 하고
너는 너 좋은 말만 했다

한 번인들 우리는 한곳에 눈길을 주며
한 가지 생각을 함께한 일이
있었던가?

정녕 그렇다 한들
그것이 무슨 대수랴?

그래도 너 가다가 어둔 밤 별을 보거든

별 아래 아직도 너를 생각하는
내 마음을 생각해다오

그래도 너 살다가 밝은 낮 꽃을 만나거든
꽃 위에 너를 보고파 하는
내 얼굴을 좀 떠올려다오.

눈 1

왜 눈이 오는 날만
네 생각이 나는지 몰라

눈이 너라고 생각하는 것일까?
눈이 너의 마음이라고 여겨지는 것일까?

멀리서부터 오신 손님
와서는 오래 머물지도 않고 떠나는 사람

가끔 안경알 위에 내려 녹아서
눈물이 되기도 하는 하늘의 마음

그렇잖아도 어젯밤에는
네 꿈을 꾸기도 했단다.

별을 안는다

너를 안으면 별의 냄새

하늘 허공을 흐르다가

지친 별 하나

내 가슴에 와

머무른다는 느낌

고독의 냄새

슬픔의 냄새

아 사랑의 예감

나는 그만 눈을 감는다

나는 그만 어지러워

어지러워……

길 잃은 별이 된다

이제 어디로 가야 하나?

나는 또 그렇게 흐른다.

4부

사랑이여 조그만 사랑이여

가을 햇빛 아래

우리는 무엇을 기억하는가?

좋았던 것

잠시라도

아주 잠시만이라도

우리는 무엇을 사랑하는가?

아주 예쁜 것

작고 보잘것없을지라도

예쁘고 귀엽고 상냥한 것

결국은 사랑을 기억하고

기쁨을 기억한다

사랑을 사랑한다

가을 하늘 아래

내과 의사의 안경알처럼

투명하고 선한 가을 햇빛 아래

내가 너를

결국은 네가 나를.

예쁜 너

사람은 언제 예쁜가?

자기가 좋아하는 사람
자기를 믿어주는 사람
앞에 있을 때 예쁘다

마음 놓고 웃을 때 예쁘고
마음 놓고 말할 때
더욱 예쁘다

너는 언제 예쁜가?

네가 좋아하는 사람 앞에
있을 때 예쁘고
내 앞에서도 가끔은 예쁘다

너를 예쁘다고 생각하므로

가끔은 나도

예쁜 사람이 되기도 한다.

너의 발

번번이 너의
발에게 감사한다

여기까지 너를 잘
데리고 온 너의 발

너를 너이게 하고
너를 꽃으로 만들어주는 발

너의 발을 쓰다듬으며
칭찬한다

잘했다 잘했어
참 잘했어요

앞으로도 이 사람을

잘 좀 부탁하자.

웃는 지구

너는 하나
나도 하나
지구도 하나

하나뿐인 것들은
귀하다
소중하다
바꿀 수 없다

하나뿐인 것들에게
잘하자
섭섭하게 하지 말자
함부로 하지 말자

하나는 하나다
너는 나이고

나는 너이고
결국은 지구다

네가 웃을 때
지구도 웃고
네가 찡그릴 때
지구도 찡그린다.

빛 보는 마음 — 사랑이여 조그만 사랑이여 14

무엇이 정말로 있는 것이고

무엇이 정말로 없는 것일까?

지금 내 앞에 있는 것들이

정말로 있는 것일까?

아니면 지나간 날의 어느 한때 어느 곳에

있었던 것이 정말로 있었던 것일까?

그것도 아니라면

앞으로 올 어느 때의 어느 것이 정말로

있는 것일까?

정말로 세상에 있는 것이라면

내가 너를 좋아하는 이 마음뿐이다.

네가 나를 좋아하는 그 마음뿐이다.

하늘 파랑 붉은 노을

꽃의 핏줄 신록의 숨결

그것이 되어 우리에게 다시 올

너와 나의 마음뿐이다.

그것만이 정말로 세상에 있는 것이다.

자유 —구름이여 꿈꾸는 구름이여 12

내가 너를 위해 할 수 있는 것은
네가 내게로 오겠다고 말할 때
그러라고 하고
네가 나를 떠나겠다고 말할 때
또한 그러라고 말하는 것뿐이다.

내 뜻으로서가 아니라
네 뜻으로 선택하도록
자유를 주는 일뿐이다.

사랑에 감사

얼굴이, 웃는
너의 얼굴이 세상의
전부이던 때 있었다

음성이, 맑은
너의 음성이 기쁨의
전부이던 때 있었다

돌아보아 기억하고
간직할 것은 오직
이것뿐.

허무라 타박하여
물리지 말라!

참회

너도 나를 잊어다오
이제 그만 서로
잊는 것이 좋겠다.

손님처럼

봄은 서럽지도 않게 왔다가
서럽지도 않게 간다

잔칫집에 왔다가
밥 한 그릇 얻어먹고
슬그머니 사라지는 손님처럼
떠나는 봄

봄을 아는 사람만 서럽게
봄을 맞이하고
또 서럽게 봄을 떠나보낸다

너와 나의 사랑도
그렇지 아니하랴
사랑아 너 갈 때 부디
울지 말고 가거라

손님처럼 왔으니 그저

손님처럼 떠나가거라.

사라짐을 위하여

날마다 울면서 기도한다

아침 해와 저녁 해는 얼마나
장엄하고 아름다운 것인가!
그 둘 사이에 얼마나 많은 것들이
새롭게 태어나고 새롭게 죽는가!
아침 해는 저녁 어둠과 별들을 사라지게 하고
저녁 해는 한낮의 모든 것들을 데려간다
무엇보다도 너와 내가
다시 한 번 어렵게 만나고
어렵게 헤어진다
잘 가 울지 말고 잘 잘 살아
너무 힘들어하지 마

날마다 마음 조아려 기도한다.

클로버 이파리

클로버 이파리는 세 장
한결같이 세 개의 손바닥
하늘 향해 펴들고 있다
그 가운데 네 장의 이파리는
없을까?
길 가다가 쭈그려 앉아
들여다본다
네 잎의 클로버는
행운을 가져다준다기에
네 장의 클로버 이파리를 찾으면
따다가 너에게 주어야지
그런 때 너는
네 잎의 클로버가 되기도 한다
세 장의 클로버 이파리들 사이에
드물게는 네 장의 클로버 이파리.

우리들의 푸른 지구 1

내가 너를 생각하는 동안만
지구는 건강하게 푸르다

내가 너를 사랑하는 동안만
우주는 편안하게 미소 짓는다

오늘 비록 멀리 있어도 우리는
결코 멀리 있는 것이 아니다

푸르고 건강한 지구
그 숨결 안에서 우리들 또한 푸르다.

어떤 흐린 날

어디 먼 나라에라도
여행 온 것 같아요

방파제 너머 찰싹이는 바닷물이
너의 말을 들었다

그래 그래 지금 우리는 지구라는 별로
여행을 온 거란다

발밑 바람에 흔들리는 개망초꽃이
나의 말에 귀 기울였다

나 떠난 뒤에 너라도 오래 살아
부디 나를 생각해다오

혼자서 중얼거리는 말을

너는 듣지 못했다.

도깨비 사랑

빚을 갚고서도 또 갚는 것이
도깨비의 셈법이다
주었다는 사실조차
잊어버리는 것이 도깨비의 사랑이다

오늘 내가 너에게 주는 사랑은
도깨비 사랑
이미 준 것 잊어버리고
똑같은 것을 또다시 준다.

붉은 꽃 한 송이

나 외롭게 살다가 떠날 지구에
너라도 있어서 얼마나 좋은지 몰라

나 쓸쓸히 지구를 떠나는 날
손 흔들어줄 너 한 사람이라도 있어서
얼마나 감사한지 몰라

나 지구를 떠나더라도 너 오래
푸르게 예쁘게 살다가 오너라

네가 살고 있는 한 지구는
따뜻하고 푸르고 꽃이 피어나는
생명의 별

바람 부는 지구 위에 흔들리는
너는 붉은 꽃 한 송이.

스타가 되기 위하여

별은 멀리 아주 멀리에 있다
별은 혼자서 반짝인다 언제나 외롭다
사람도 마찬가지

스타가 되기 위해서는 외로워야 한다
멀리 있는 것을 그리워할 줄
알아야 한다

무엇보다도 먼저 자기 자신을
이기는 사람이어야만 하겠지
아니야, 자기한테 자기가 슬그머니 져줄 줄도 아는
그런 사람이어야 할 거야
그러고 나서도 스스로 충분히
반짝일 줄 아는 사람이어야 할 거야

스타가 되고 싶은 딸아,

어두워지는 밤이 오면 하늘을 보거라

거기, 아빠가 너를 내려다보고 있을 것이다.

그때까지만

오해하지 마

나는 네 편이 아니야

네 사람도 아니야

다만 네가 좋아 네 곁에 있는 거야

귀엽게 웃는 너의 얼굴이 좋고

맑고 푸른 네 목소리가 좋아 네 옆에 있는 거야

언제라도 흰구름이 더 맘에 들면 흰구름한테로 떠날
거야

언제라도 나무가 좋으면 나무 곁으로 돌아갈 것이고

꽃이 좋으면 또 그렇게 할 거야

오해하지 마

나는 결코 네 편이 아니야

오히려 나는 흰구름의 편이고 나무들 편이고 꽃들의
편이야

다만 네가 좋아 이렇게 잠시 네 곁에 머물 뿐이야

언제라도 흰구름이 내가 필요하다고 손짓하고

나무나 꽃들이 나를 오라고 눈짓하면 그쪽으로 떠날

거야

오해하지 마.

선물 1

선물을 주고 싶다고?
선물은 필요치 않아
네 얼굴과 네 목소리와 너의 웃음이
나에겐 선물이야
너 자신이 나에겐
그 무엇과도 바꿀 수 없는
오직 하나뿐인 선물이야

네가 그걸 알기나 하는지 모르겠다.

그리하여, 드디어

어찌 너의 어여쁨만
사랑한다 하겠느냐
어찌 너의 사랑스러움만
아낀다 하겠느냐

오히려 너의 모자람이
나의 아픔이 되었고
너의 실패, 너의 슬픔이
나의 사슬이 되었다

그리하여
나는 날마다 순간마다
너의 모자람을 끌어안는다
너의 실패 너의 슬픔을
나의 것으로 한다

드디어 너는

나와 하나가 된다.

귓속말 1

바람이 나무숲에 가 속살대고
강물에게 가 하는 귓속말

보고 싶었다 사랑한다

천년 전에도 너에게 했던 말이고
천년 후에도 너에게 주고 싶은 말이다.

어린 사랑

어느 날
그 애에게 물었다

아직도 내가 너한테
필요한 사람이니?

말없이 그 애는
고개를 끄덕였다

두 눈 가득
눈물이 고여 있었다.

꽃

웃어도 웃고 울어도 웃고 입을 다물어도 웃고 입을 벌
려도 웃고 앉아서도 웃고 서서도 웃고 누워서도 웃기만
하는 너! 숨이 넘어가면서도 웃을 너! 아주 많은 너! 결
국은 나!

흑백

깜장이 좋다
하양이 좋다

이들은 언제부턴가
이웃이었다
단짝이었고 애인이었다

이들을 갈라놓으려 하지 마라
이들의 우정을 시기하지 마라
이들보다 더 좋은 어울림은 없다

너는 깜장이 되거라
하양이 되거라
나는 그 나머지가 되마.

검정염소와 더불어

들길을 걷다가
고삐 매여 있는 검정염소 있길래
그 옆에 앉아본다

바라구풀 뜯어 먹으며
끄덕끄덕 다가오는 녀석의 품이
거듭거듭 내게 인사하는 것 같다

그래 나야 나

녀석의 콧잔등에 들파리가 엉긴다
녀석의 넓적다리에 도깨비바늘 풀씨가 붙었다
녀석은 나이도 먹기 전에 갈기털이 모스라졌다

녀석은 여러모로 나를 닮았다

나도 사람들의 세상에서 쫓겨났단다

나도 너처럼 순하게 한세상

살다 가고 싶을 뿐인 거란다.

봄

모진 겨울을 이기고
으슬으슬 찬비 맞고 피어나는
비인 산에 비인 울타리에
진달래야 개나리야
늬들만이 참답구나
아름답구나
새파란 보리싹들이
너희들 보고 속삭여준다.

호명

순이야, 부르면
입 속이 싱그러워지고
순이야, 또 부르면
가슴이 따뜻해진다

순이야, 부를 때마다
내 가슴속 풀잎은 푸르러지고
순이야, 부를 때마다
내 가슴속 나무는 튼튼해진다

너는 나의 눈빛이
다스리는 영토
나는 너의 기도로
자라나는 풀이거나 나무거나

순이야, 한 번씩 부를 때마다

너는 한 번씩 순해지고
순이야, 또 한 번씩 부를 때마다
너는 또 한 번씩 아름다워진다.

축복

너 지금 어디 있니?
창가에 혼자
앉아 있는 거냐

혼자서 비 맞고 있는
꽃나무
꽃나무나 바라보고 있는 건
아닌지 몰라

어디에 있든
너 좋은 사람
널 사랑해주는 사람과
함께 있길 바란다.

자연과의 인터뷰

구름아, 나하고 이야기하자
어디를 갔었는지 무엇을 보았는지
무척 많이 듣고 싶단다

풀들아, 꽃들아
늬들도 나하고 이야기하자
늬들한테도 들을 얘기가 아주 많단다

아침에 어떤 새들이 지절거렸는지
점심때 바람이 무어라 속삭였는지
나는 너희들이 무척이나 부러울 때가 있단다.

아름다운 배경 — 사랑이여 조그만 사랑이여 40

내가 새였을 때
너는 나무가 되고,

내가 풀이었을 때
너는 바람이 되고,

내가 뿌리였을 때
너는 흙이 되고,

내가 구름이었을 때
너는 하늘이 되거라.

내 몸 기댈
하늘의 속살이 되거라.

어느 날 일기

학교 가는 길

죽은 새 한 마리를 만났어요

죽은 새가 길바닥에 쓰러져 있다는 걸

아무도 몰라보고 있었어요

발로 밟고 지나가기도 했어요

나는 가던 걸음을 멈춰

죽은 새를 두 손으로 안아

옆 화단 풀숲에 눕혀주면서 말했어요

미안하다 새야

우리가 너를 죽게 해서 미안하다

이다음 세상이 있다면 그 세상에도

예쁜 새로 태어나다오

조그만 새알이 되고 아기새가 되고

다시 하늘을 퐁! 퐁! 퐁! 날면서

노래 부르는 새가 되어다오

그런 세상에 우리 다시 만났으면 좋겠어

나는 빌어주었어요.

문을 닫으며 —사랑이여 조그만 사랑이여 42

너 보고픈 날은
바람이 불고
나뭇잎이 바람에 날린다.
먼지가 바람에 날린다.

너 보고픈 생각 때문에
바람은 불고
산은 푸르고

햇빛은 밝고
하늘 또한 끝없이
높다 해두자.
먼지 또한 날린다 해두자.

너 보고픈 날은
창문을 닫고

안으로 고리를 잠그기로 한다.

세상

세상은 누나다, 엄니다
누나를 보듯 엄니를 우러러보듯
세상을 보면서
시를 쓴다

세상은 딸이다, 손녀딸이다
딸을 생각하듯 손녀딸을 가슴에 품듯
세상을 생각하면서
그림도 그린다

세상이여 당신, 언제나 이쁘거라
세상이여 너, 내일도 부디 젊었거라.

12월

더는 물러설 자리가 없네

지금은 쥐었던 주먹을
풀어야만 할 때,

너도 부디 너 자신을
용서해주기 바란다.

오아시스

어이없어라
짐작하지도 못한 곳에
느닷없는 조그만 호수
아니면 커다란 우물

무너지고 부서지고
미끄러지는 모래 산
모래밭 그 어디쯤
철렁 하늘빛까지 담아서
목마른 생명을 기르는
비현실 풍경

우리네 인생에서도
그런 행운의 순간
놀라운 반전이
있었을까?

그것이 너한테

나였다면!

나한테 또한

너였다면!

힘든 날

젊어서 힘든 날엔 나도
얼른 집으로 돌아가
찬물에 발 닦고 마음도 닦고
잠이나 자야지 그랬었단다

너도 오늘은 힘든 날
얼른 집으로 돌아가
찬물에 발 닦고 마음도 닦고
편안히 쉬렴 잠을 자렴

내일은 또 너를 위해
새로운 해 좋은 해가
바다 위로 두둥실
떠올라줄 것이란다.

한밤중에

한밤중에
까닭없이
잠이 깨었다

우연히 방안의
화분에 눈길이 갔다

바짝 말라 있는 화분

어, 너였구나
네가 목이 말라 나를
깨웠구나.

너무 잘하려고 애쓰지 마라

너, 너무 잘하려고 애쓰지 마라

오늘의 일은 오늘의 일로 충분했다

조금쯤 모자라거나 비뚤어진 구석이 있다면

내일 다시 하거나 내일

다시 고쳐서 하면 된다

조그마한 성공도 성공이다

그만큼에서 그치거나 만족하라는 말이 아니고

작은 성공을 슬퍼하거나

그것을 빌미 삼아 스스로를 나무라거나

힘들게 하지 말자는 말이다

나는 오늘도 많은 일들과 만났고

견딜 수 없는 일들까지 견뎠다

나름대로 최선을 다한 셈이다

그렇다면 나 자신을 오히려 칭찬해주고

보듬어 껴안아줄 일이다

오늘을 믿고 기대한 것처럼

내일을 또 믿고 기대해라

오늘의 일은 오늘의 일로 충분했다

너, 너무도 잘하려고 애쓰지 마라.

내일

이 세상은 결코 천국이 아니고

세상 사람들은 또 천사가 아니다

그렇지만 세상을 천국이라

여기고 살면 때로 세상이

천국이 되고

세상 사람들도 천사가 되는 게 아닐까?

내일은 너를 만나는 날

너를 만나는 그곳이 천국이 되고

네가 또 천사가 아닐까?

오늘부터 나는 천국을 살고

천사를 만난다.

청춘을 위한 자장가

자장자장 우리 애기
잘도 잔다 예쁜 애기
고운 눈썹 눈을 감고
새근새근 숨을 쉬며
꿈나라로 찾아가라
거기 가면 네가 쉴 곳
구름 나라 별의 나라
너도 또한 구름 되고
너도 따라 별이 되어
근심 없고 걱정 없는
고운 세상 살다 와라
오늘 하루 힘들었지?
땀에 젖은 신을 벗고
맨발 차림 춤을 춰라
구름으로 흘러보고
별빛 되어 반짝여라

자장자장 우리 애기

잘도 잔다 예쁜 애기.

풀꽃

자세히 보아야
예쁘다

오래 보아야
사랑스럽다

너도 그렇다.

너에게 나는

초판 1쇄 발행 2023년 8월 21일
초판 2쇄 발행 2023년 9월 15일

지은이 나태주
펴낸이 정중모
펴낸곳 도서출판 열림원
출판등록 1980년 5월 19일(제406-2000-000204호)
주소 경기도 파주시 회동길 152
전화 031-955-0700
팩스 031-955-0661   페이스북 /yolimwon
홈페이지 www.yolimwon.com   트위터 @yolimwon
이메일 editor@yolimwon.com   인스타그램 @yolimwon

주간 김현정 책임편집 김민지   마케팅 홍보 김선규 최가인 최은서
편집 조혜영 황우정 이서영   온라인사업 서명희
디자인 강희철   제작 관리 윤준수 이원희 고은정 구지영

ISBN 979-11-7040-210-7 03810